VENTE

Des Lundi 14 et Mardi 15 Mars 1898

HOTEL DROUOT, SALLE N° 11

A deux heures un quart

OBJETS D'ART

ET

D'AMEUBLEMENT

Anciens et de style

PIANO DE RINALDI

BIJOUX, MINIATURES

Tableaux, Dessins, Aquarelles

ÉTOFFES ANCIENNES, TAPIS

Mᵉ L. BRIÈRE	**M. A. BLOCHE**
Commissaire-Priseur	*Expert*
4, Rue Richer, 4	28, Rue de Châteaudun, 28

EXPOSITION PUBLIQUE

Le Dimanche 13 Mars 1898

DE 2 HEURES A 5 HEURES 1/2

CONDITIONS DE LA VENTE

La vente sera faite *expressément* au comptant.

Les acquéreurs payeront *cinq pour cent* en sus des adjudications.

L'exposition mettant le public à même de se rendre compte de l'état des objets, il ne sera admis aucune réclamation une fois l'adjudication prononcée.

Paris. — Imp. Ménard et Chaufour, 8-10, rue Milton

DÉSIGNATION

BIJOUX, OBJETS DE VITRINE
MINIATURES

1 — Paire de boutons d'oreilles formés par deux brillants.

2 — Paire de boutons d'oreilles deux saphirs entourage brillants.

3 — Chaîne sautoir en or avec émeraudes rubis et pierres fines.

4 — Bracelet en or orné de huit rubis et de huit brillants.

5 — Bague avec pendeloque en émeraude et brillants.

6 — Broche barette en or ornée de treize brillants.

7 — Bague en or avec trois perles fines.

8 — Bague en or ornée de cinq rubis.

9 — Bague en or ornée d'un trèfle en rubis, émeraudes, saphirs et roses.

10 — Epingle de cravate en or enrichie de quatre brillants.

11 — Bague en or ornée d'un saphir cabochon.

12 — Paire de boutons à vis formés de deux perles fines.

13 — Broche œil de chat et roses.

14 — Etui en or ciselé.

15 — Broche Louis XVI en roses anciennes.

16 — Epingle de cravate en or enrichie d'une perle fine.

17 — Croix ancienne en roses.

18 — Paire de boutons d'oreilles Louis XVI en roses anciennes.

19 — Bague en or ancienne enrichie de roses.

20 — Pendentif en cailloux du Rhin.

21 — Chaîne sautoir en or enrichie de quarante-cinq pierres fines.

22 — Paire de boutons d'oreilles en or ornées de deux perles fines.

23 — Epingle de cravate en or forme fer à cheval ornée de brillants.

24 Montre de dame en or avec nœud, le tout entièrement paré de roses et saphirs.

25 Paires de boucles d'oreilles or et brillants.

26 — Bague torsade en or ornée d'un brillant.

27 — Bonbonnière en or ciselé. Style Louis XVI.

28 — Bonbonnière ancienne en argent, ornée d'une miniature sur ivoire : *Tête de jeune fille.*

29 — Plat rond en argent, décor à feuilles de chêne.

30 — Soucoupe côtelée en argent.

31 — Grand plat long en métal argenté.

32 — Corbeille à pain en métal argenté.

33 — Six coquetiers avec leur scie en métal argenté.

34 — Bonbonnière en écaille, ornée d'une miniature sur ivoire : *La Récréation musicale.*

35 — Bonbonnière en écaille, ornée d'une miniature sur parchemin : *La Halte.*

36 — Bonbonnière en écaille, ornée d'une miniature sur ivoire : *Portrait d'Henriette de Bourbon.*

37 — Miniatnre sur ivoire : *Portrait de Madame Récamier* ; cadre Empire.

38 — Miniature sur ivoire : *Intérieur hollandais* ; cadre en bois noir.

39 — Miniature sur ivoire : *Au cabaret* ; cadre en bois noir.

40 — Belle miniature rectangulaire sur ivoire : *Portrait de la princesse de Turenne.*

41 — Miniature ronde sur ivoire : *Portrait de la duchesse d'Orléans.*

42 — Miniature ovale sur ivoire : *La reine Marie-Antoinette*, d'après VIGÉE LEBRUN.

43 — Miniature ovale sur ivoire : *Au moins soyez discret.*

44 — Miniature ovale sur ivoire : *Portrait de Madame Adélaïde de France.*

45 — Miniature rectangulaire sur ivoire : *Portrait de Madame Sophie.*

46 — Miniature rectangulaire sur ivoire : *Portrait de Madame Victoire.*

47 — Miniature sur ivoire : *La Présentation.*

OBJETS D'ART

48 — Groupe bronze : *Le départ pour le Sabbat*, de Colombo.

49 — Paire de chenêts Louis XVI.

50 — Paire de bras Louis XV, à trois lumières.

51 — Paire de flambeaux Empire.

52 — *Joueuse de flûte romaine.*

53 — Paire de candélabres Saxe.

54 — *Jeune fille à l'oiseau.*

55 — Jolie garniture de cheminée en bronze finement ciselé et doré composée d'une pendule forme cage surmontée d'un vase enguirlandé, cadran signé JULES GRAUX, à Paris, et de deux candélabres à sept lumières. Stye Louis XVI.

56 — Statuette en bronze : *Jeanne d'Arc en armure*. Signée : BOURET.

57 — Paire de grandes et belles lampes en céramique, décor à fleurs, monture en bronze dans le goût chinois. Travail de Deck.

88 — Grand buste en marbre : *Diane de Houdon*.

59 — Paire de beaux vases Louis XVI en marbre rouge antique, monture en bronze à feuillages et perlés, anses formées de têtes de béliers, culot à feuilles de laurier.

60 — Paire de flambeaux en bronze ciselé et doré à côtés tournantes et feuillages. Style Louis XVI.

61 — Grande miniature rectangulaire sur ivoire représentant : *Le Triomphe de Vénus*, cadré en bronze sur fond de peluche.

62 — Petit groupe en marbre vert : *Les Lutteurs*.

63 — Statuette de jeune fille en marbre blanc : *Le Messager d'amour*. Signé : LUDOVIC KUYTZ.

64 — Deux lampes à gaz formées de buires en céramique bleu truité.

65 — Statuette en bronze . *Arlequin* de GUILLEMIN.

66 — Quatre figurines de musiciens en faïence de Delft, décor en bleu.

67 — Paire de potiches en faïence de Delft, décor en bleu à paysages, couvercles surmontés de perroquets.

68 — Cave à liqueurs en cristal, monture argentée.

69 — Bas-relief en étui : *Tête de femme*. Signé : DARTÉINE.

70 — Buste de Bonaparte en biscuit, sur socle en gros bleu de Sèvres.

71 — Deux paires de flambeaux en bronze argenté.
Époque Louis XVI.

72 — Deux flambeaux Louis XVI en bronze doré
amours, socles en marbre.

73 — Paire de vases en porcelaine Ier Empire,
décor à camés.

74 — Deux statuettes d'anges en bois sculpté.

75 — Sonnette en bronze. XVIIe siècle.

76 — Clef gothique en fer forgé.

77 — Encrier Ier Empire, forme cassolette, tré-
pied en bronze.

78 — Couteau de chasse époque Louis XV, garniture argent.

79 — Paire de flambeaux Ier Empire en bronze
ciselé et doré.

80 — Casque en fer forgé. Époque Louis XIII.

81 — Émail de Limoges Louis XIII, cadré doré.

82 — Gobelet en ivoire gravé. xvie siècle.

83 — Peigne en écaille Ier Empire.

84 — Veilleuse en porcelaine de Haechst, décor à fleurs.

85 — Éventail Ier Empire en écaille formant lorgnette.

86 —   Louis XVI encadrée.

87 — Bougeoir Louis XVI en bronze doré.

88 — Bonbonnière en écaille ornée d'une miniature. Époque Louis XVI.

89 — Bonbonnière en bois ornée d'une miniature en grisaille. Époque Louis XVI.

90 — Trois verres émaillés Louis XIII.

91 — Pendule Empire en bronze ciselé et doré.

92 — Pendule Empire en bronze ciselé et doré.

93 — Suspension de billard en fer forgé.

94 — Suspension à gaz en bronze doré. Style Louis XVI.

95 — Paire d'appliques style Louis XV, à deux lumières en bronze ciselé et doré.

96 — Boîte contenant un pistolet de tir Lefaucheux avec ses accessoires

97 — Boîte en laque de Chine à compartiments fond noir, décor d'or.

98 — Chandelier ancien.

99 — Porte-fleurs ancien.

100 — Calice vxiie siècle.

101 — Petit bas-relief en bronze encadré.

102 — Glace encadrée.

103 — Bas-relief en bronze.

104 — Poudrière ancienne.

105 — Bougeoir Louis XVI en bronze doré et émaillé.

106 — Deux appliques Louis XIV à huit lumières, en bronze ciselé et doré.

107 — Paire de flambeaux en onyx, monture en bronze doré.

108 — Paire de flambeaux en porcelaine fond bleu, décor à fleurs.

109 — Paire de petits flambeaux en bronze.

110 — Petit lustre en bronze ciselé et doré orné de cristaux à dix lumières.

111 — Deux lampes en grès craquelé fond gris.

112 — Potiche du Japon fond bleu montée en lampe.

113 — Pendule Louis XIII en bois sculpté ornée de bronzes ciselés et dorés.

114 — Paire de chenêts Louis XVI en bronze ciselés et dorés : *Chiens couchés*.

115 — Deux flambeaux en bronze ciselé et doré représentant un enfant tenant une lumière, socles en marbre blanc.

116 — Bénitier bizantin émaillé fond bleu.

117 — Potiche en porcelaine de Chine fond bleu.

118 — Pot à anse en porcelaine du Japon fond blanc, dessin polychrome.

119 — Deux plateaux en laque de Chine.

120-121 — Quatre médaillons ovales, nature morte, oiseaux naturalisés.

122 — Paire de vases en faïence du Japon, fond gris, décor à branchages.

123 — Deux jardinières en bronze jaune uni, anses à têtes d'éléphants.

124 — Paire de beaux vases en porcelaine d'Imari, decor polychrome.

125 — Deux koros de Kists en faïence verte, décor à fleurs.

126 — Paire de vases en bronze de Kanga, patine claire, décor à arabesques supportés par trois pieds sur socles à galerie.

127 — Quatre statuettes en porcelaine de Kutani.

128 — Paire de gargoulettes en Satzuma décor à personnages.

129 — Deux jardinières en bronze patiné. Style grec.

130 — Paire de vases, forme boule, en porcelaine de Kanga, décor à médaillons.

131 — Bonbonnière en cloisonné à médaillons à charnières, fleurs et oiseaux.

132 — Deux vases bistre blanc, décor à paysages.

133 — Brûle-parfums en bronze noir, décor à branchages et oiseaux, couvercle surmonté d'un aigle avec chimère.

134 — Paire de vases cotelés en cloisonné du Japon, fond vert d'eau décor à fleurs et volatiles en couleur.

135 — Canard en ancien bronze cloisonné.

136 — Deux Koros forme boucle en porcelaine de Kutani, couvercle surmonté d'une chimère.

137 — Paire de vases en bronze noir, décor à ibis et bambous.

138 — Deux vases en faïence fond brun décor à fleurs en mauve.

139 — Petit brûle-parfum en porcelaine de Kang, à décor à personnages.

140 — Garniture de trois pièces terre cuite.

141 — Vase faïence italienne, décor réprésentant une Diane.

142 — Grand vase faïence de Pésaro.

143 — Groupe personnages Directoire, décor polychrome.

144 — Statuette en terre cuite représentant un Arabe.

145 — Statuette en porcelaine de Saxe.

146 — Deux vases en faïence des Abruzzes.

147 — Groupe en biscuit.

148 — Jardinière en faïence d'Urbino.

149 — Plat en faïence italienne.

150 — Deux groupes en porcelaine de Saxe.

151 — Statuette en terre cuite : *Marchande de fleurs*.

TABLEAUX, DESSINS
AQUARELLES, GRAVURES

152 — BREUGHEL (attribué à). *Kermesse*.

153 — BÉGA (attribué à Cornélius). *Propositions galantes*.

154 — BLATTER. *Bords du lac de Genève*. Aquarelle.

155 — BLATTER. *Un Mignon sous Henri III.* Aquarelle.

156 — BLATTER. *Femme couchée lisant.* Aquarelle.

157 — BACILLI. *Fabrique sous bois.* Aquarelle.

158 — DAUMIER. *Nos moutardes.* Dessin.

159 — GERVEX (d'après). *Enfin seuls.* Gravure encadrée.

160 — GENIX. *Rue de Village.*

161 — KISS (Robert). *Vive la Whitworth ! ! !*

162 — *Au Bal.*

163 — *Deux Roses.* Trois lithographies.

164 — MANUELLO. *Sous bois.* Aquarelle.

165 — NOEL (de). *Bords d'étang.* Aquarelle.

166 — PICHAS (Olivier). *Chasse au faucon.*

167 — *Portrait de chien.*

168 — STEEN JAN (attribué à). *Sujet galant.*

169 — *La Femme au chat.*

170 — SARAZIN. *Portrait de femme.* Pastel signé et daté 1786.

171 — G. STEIN. *Notre-Dame.* Aquarelle.

172 — G. STEIN. *Vue de la place Vendôme.* Aquarelle.

173-179 — ÉCOLE ANCIENNE. Sept tableaux.

181 — ÉCOLE GOTHIQUE. *Portrait.*

182 — Gouache encadrée. Époque Ier Empire.

183 — Deux petites gravures encadrées : *Danseuses pompéïennes.*

184 — ÉCOLE FRANÇAISE. *Portrait.*

MEUBLES

185 — Beau piano de Renaldi. Grand modèle.

185 bis — Vitrine en bois de violette et marqueterie de bois, ornée de bronzes, intérieur en peluche vert frappé. Style Louis XV.

186 — Bureau de dame en acajou et vernis Martin, ouvrant à coulisse. Style Louis XVI.

187 — Petit guéridon en acajou et bois peint vert, garni de bronzes. Style Ier Empire.

188 — Deux supports en bois noir, dessus marbre, de style chinois.

189 — Table-bureau en bois de violette et bois de rose, garnie de bronzes. Style Louis XV.

190 — Table en bois de fer de Chine sculpté et incrusté de nacre, dessus en marbre.

191 — Paire de colonnes en marbre vert à spirales, plinthe tournante.

192 — Deux consoles en bois sculpté et doré. Style Louis XIV.

193 — Tabouret en bois sculpté et doré. Époque Louis XVI.

194 — Guéridon Louis XVI en acajou, décor à perlé, dessus en marbre rouge.

195 — Secrétaire Louis XVI en marqueterie de bois à fleurs.

196 — Coffre en bois sculpté, forme jardinière.

197 — Petit bahut japonais formant coffre.

198 — Meuble hollandais en marqueterie de bois, le haut formant vitrine.

199 — Porte-manteau en chêne orné d'une glace.

200 — Glace cadre en bois sculpté et doré. Époque Louis XV.

201 — Table carrée, dessus en molleton blanc, pieds en bois tourné et doré.

202 — Deux chaises légères en bois doré, recouvertes de satin noir.

203 — Toilette dessus en marbre blanc, à étagère.

204 — Deux appliques en bois sculpté et doré, décor à rocailles.

205 — Socle en laque de Pékin, formant guéridon.

206 — Paravent en velours en quatre couleurs, avec broderies de feuillages et volatiles en or.

ÉTOFFES. TAPIS

207 — Couvre-lit fond bleu en soie.

208 — Couvre-lit fond vert en soie.

209 — Portière soie bleue.

210 — Chape Louis XV fond crème.

211 — Chape Louis XV fond crème, fleurs roses.

212 — Chape Louis XV fond mauve.

213 — Chape Louis XV fond beige.

214 — Chasuble Louis XV fond crème.

215-218 — Quatre lots de damas jaune. 31 mètres environ.

219 —

220 — Deux morceaux soie brochée.

221 — Chaque en soie brochée.

222 — Couverture Louis XVI.

223 — Tapis de table turc fond bleu.

224 — Trois tapis de table en reps.

225 — Gilet en peau de chamois.

226 — Tapis fond gris clair, dessus à bouquets de fleurs.

227-229 — Trois carpettes, dessin polychrome.

230 — Cinq mètres guipure.

231 — Objets omis.